KB264620

키즈아이콘은 아이들의 꿈과
생각을 키우는 신나고 재미있는
책을 만듭니다.

타요와 띠띠뽀의
달리기 경주

2022년 4월 20일 초판 1쇄 발행 │ **2025년 9월 30일 초판 4쇄 발행**

발행인 최종일 **발행처** (주)아이코닉스 **기획** 키즈아이콘 **판면구성** (주)비욘드에이
총괄책임 서현수 **편집책임** 박정은 **편집** 장보원 조윤수 이유진 김예진 **디자인** 김미선 이순영 권혜원 경희정
제작책임 신초희 **제작관리** 신초희 이수란 김미래 김세미 **마케팅책임** 김미경 **마케팅** 이창열 서연지 심동수 이경재 이미나 지승한 송호성 이지연
출판등록 2008년 11월 4일(제 2014-000009호) **주소** 경기도 성남시 분당구 판교로 255번길 64
고객센터 1566-0855 **홈페이지** www.iconix.co.kr
꼬마버스 타요 ⓒICONIX/EBS/SEOUL **띠띠뽀 띠띠뽀** ⓒICONIX/EBS/PororoPark
ⓒ2022 ICONIX Co., Ltd. All rights reserved. **Printed in Korea**

타요와 띠띠뽀의 달리기 경주

키즈아이콘

화창한 아침, 띠띠뽀가 역에 도착했어요.
"안녕, 띠띠뽀! 오늘도 열심히 일하는 중이구나!"
마침 근처 정류장을 운행하던 타요가 인사했어요.
"응, 타요도 안녕!"

120
B>

그때 꼬마들이 장난감을 내밀며
티격태격하는 소리가 들려왔어요.

"타요, 띠띠뽀! 버스랑 기차 중에 누가 더 빨라?"
아이들의 갑작스런 질문에 타요와 띠띠뽀는 당황했어요.

때마침 이야기를 들은 디젤이 으스대며 말했어요.
"당연히 기차가 더 빠르지!"

"뭐? 빨리 달리는 거라면 버스도 절대 지지 않거든?"
타요 옆에 선 로기가 어처구니없는 표정으로 대꾸했어요.

"그럼, 띠띠뽀랑 타요랑 달리기 경주를 해 보면 되겠네!"
갑작스런 디젤의 말에 타요와 띠띠뽀는 깜짝 놀랐어요.
"달리기 경주라고?"
"좋은 생각인데! 타요, 꼭 이겨서 버스가 빠르다는 걸 보여 줘!

난처해하는 둘과 달리 로기와 디젤은 몹시 들떠 보였어요.
친구들의 기대에 타요와 띠띠뽀는
결국 어쩔 수 없이 고개를 끄덕였어요.
"좋아, 그럼 쉬는 날 기차역에서 다시 만나자!"

드디어 타요와 띠띠뽀의 달리기 경주 날이 되었어요.
꼬마 버스와 꼬마 기차 친구들은 경주가
시작되는 기차역에 옹기종기 모였어요.

타요와 띠띠뽀의
달리기 경주
넌 할 수 있어!
타요,
파이팅!
1339
1000
02
TAXI
120
13

시작을 알리는 신호와 함께 띠띠뽀와 타요가 동시에 달려 나갔어요.
띠띠뽀는 큰 소리로 응원해 준 기차 친구들을 떠올리며 다짐했어요.
'친구들을 위해 정정당당하게 경기하자!'

걱정하던 타요 역시 버스 친구들의 응원에 용기를 냈어요.
'그래, 응원하러 와 준 친구들을 위해서라도 질 수 없지!'
둘은 부르릉 버스 엔진 소리와 빠아앙 기차 경적 소리를 울리며 달려 나갔어요.

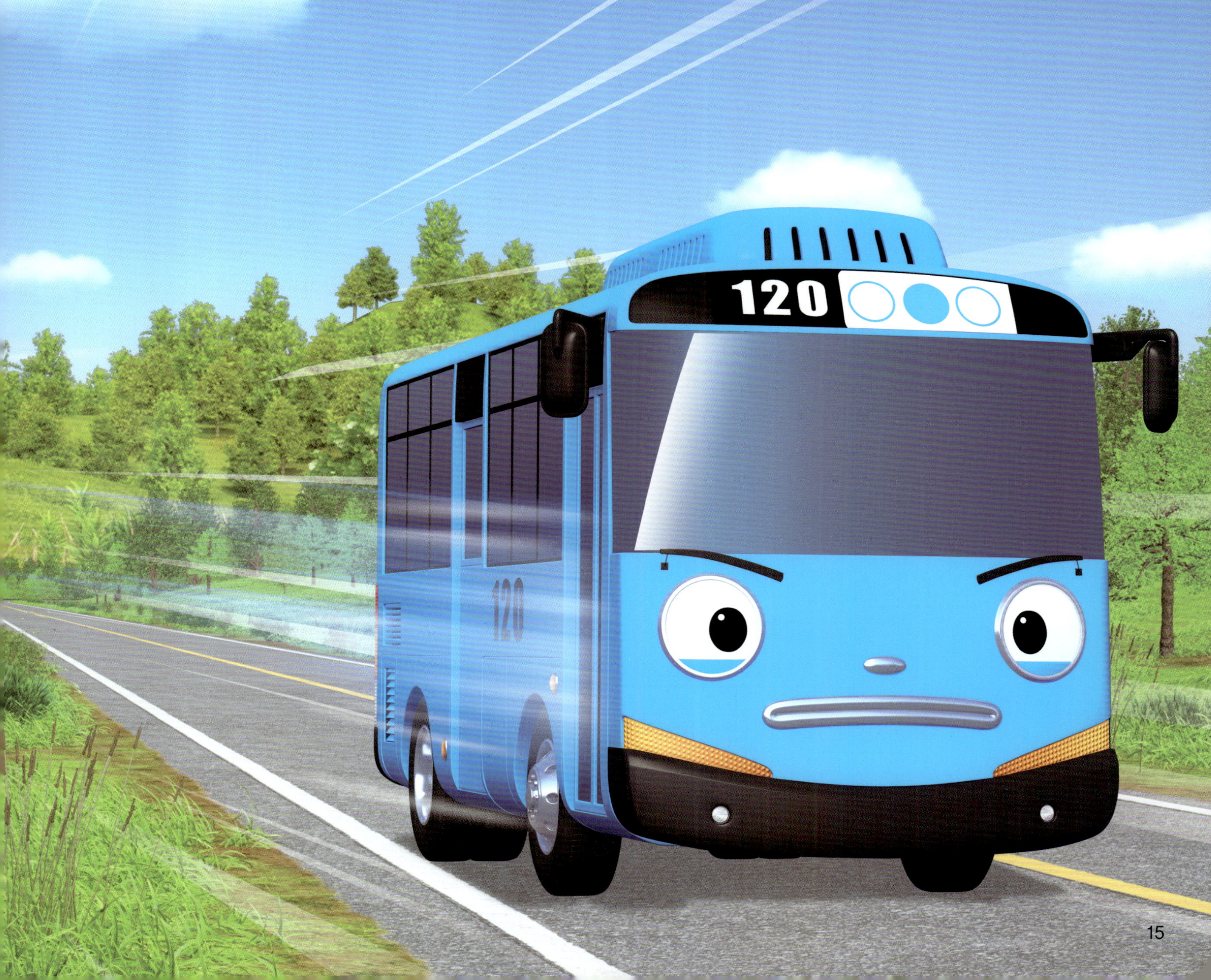

타요와 띠띠뽀는 엎치락뒤치락 속도를 높였어요.
결승점까지 가려면 제일 먼저 다리 위를 지나야 했어요.
그런데 갑자기 사고로 자동차 도로가 막히기 시작했어요.
"어쩌지? 이러다가 지겠어!"

당황한 타요 옆으로 띠띠뽀는 뻥 뚫린 기차 선로를 통해 먼저 지나갔어요.
"버스도 기차처럼 선로가 있다면 빨리 갈 수 있을 텐데……."
가로막힌 도로를 보며, 타요는 답답한 마음에 한숨을 푹 내쉬었어요.

먼저 다리 위를 통과한 띠띠뽀는 여유 있게 결승점으로 향했어요.
"이대로라면 내가 이길 수 있겠는걸?"

그런데 그때, 앞서 달리던 화물 기차에서 통나무 더미가 떨어졌어요.
"앗! 선로가 막혀 버렸어!"

옴짝달싹 않는 통나무 때문에
앞으로 갈 수 없게 된 띠띠뽀는 급히 선로를 바꿨어요.
"큰일이네, 이쪽은 돌아가는 길인데……."

한편, 정해진 선로를 따라 멀리 돌아가야만 하는 띠띠뽀와 달리
타요는 더 빠른 길을 찾아 요리조리 자유롭게 달렸어요.
"속도를 내 볼까?"

타요에게 따라잡힌 띠띠뽀는
한숨을 내쉬며 말했어요.
"기차도 버스처럼 선로 없이
마음대로 다닐 수 있다면……"

21

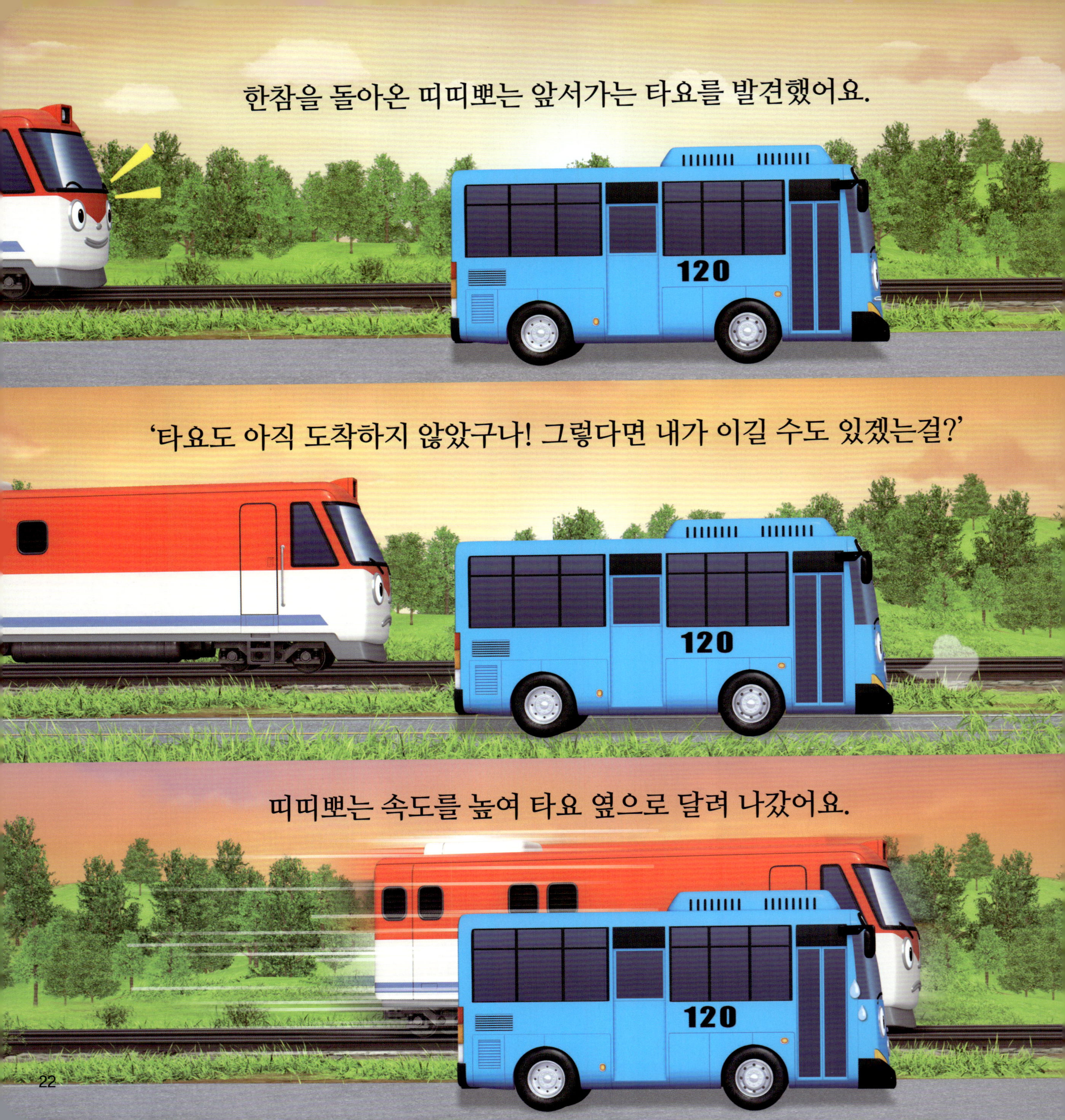

한참을 돌아온 띠띠뽀는 앞서가는 타요를 발견했어요.

'타요도 아직 도착하지 않았구나! 그렇다면 내가 이길 수도 있겠는걸?'

띠띠뽀는 속도를 높여 타요 옆으로 달려 나갔어요.

그런데 가까이 가 보니
타요는 제자리에 멈춰 있는 것이었어요.
"타요, 왜 가만히 서 있어?"
"너무 빨리 달렸더니 연료가 다 떨어졌나봐.
아무리 시동을 걸어도 움직이질 않아."

한편 날이 어두워져도 타요와 띠띠뽀가 돌아오지 않자
기다리던 꼬마 버스들과 꼬마 기차들은 걱정이 되었어요.
그때, 멀리서 누군가 결승점을 향해 다가오는 것이 보였어요.

모여 있던 친구들은 다가오는 불빛을 쳐다보며 궁금해했어요.

잠시 후 어둠 속에서 모습을 드러낸 건, 다름 아닌 띠띠뽀였어요.
"와! 띠띠뽀다!"

환호하는 기차 친구들에게 버스 친구들이 말했어요.

타요, 띠띠뽀! 어떻게 된 거야?
"연료가 떨어져서 타요가 길에 멈춰 서 있었어."
"띠띠뽀가 날 같이 데려갈 방법을 찾겠다고 나서지 뭐야."

"다행히 타요를 안전하게 실을 수 있는 화차를 발견해서 같이 올 수 있었어."
"여기까지 오는 길에 별똥별도 봤는데, 같이 구경하니까 소풍 온 것처럼 재밌었어!"
우아, 그랬구나!
1339
1000
02
120

이야기를 들은 친구들은 고개를 끄덕였어요.
"고마워, 띠띠뽀. 그냥 갔으면 네가 이기는 거였는데."
타요가 고마운 마음을 전하자, 띠띠뽀도 웃으며 말했어요.
"아니야. 연료가 떨어지지만 않았다면 타요가 먼저 도착했을 거야."

"그럼 둘 중에 누가 일 등인 거야?"
로기와 디젤이 고개를 갸웃거리자
친구들이 큰 소리로 대답했어요.

"사이좋게 함께 들어왔으니까 둘 다 일 등이지!"
친구들의 즐거운 미소에
띠띠뽀와 타요도 행복하게 웃었답니다.

우리도 장난감 경주할까?